詩變起

蘇善 詩集

台灣詩學吹鼓吹詩人叢書出版緣起

蘇紹連

「台灣詩學季刊雜誌社」創辦於1992年12月6日，這是台灣詩壇上一個歷史性的日子，這個日子開啟了台灣詩學時代的來臨。《台灣詩學季刊》在前後任社長向明和李瑞騰的帶領下，經歷了兩位主編白靈、蕭蕭，至2002年改版為《台灣詩學學刊》，由鄭慧如主編，以學術論文為主，附刊詩作。2003年6月11日設立「吹鼓吹詩論壇」網站，從此，一個大型的詩論壇終於在台灣誕生了。 2005年9月增加《台灣詩學‧吹鼓吹詩論壇》刊物，由蘇紹連主編。《台灣詩學》以雙刊物形態創詩壇之舉，同時出版學術面的評論詩學，及以詩創作為主的刊物。

「吹鼓吹詩論壇」網站定位為新世代新勢力的網路詩社群，並以「詩腸鼓吹，吹響詩號，鼓動詩潮」十二字為論壇主旨，典出自於唐朝‧馮贄《雲仙雜記‧二、俗耳針砭，詩腸鼓吹》：「戴顒春日攜雙柑斗酒，人問何之，曰：『往聽黃鸝聲，此俗耳針砭，詩腸鼓吹，汝知之乎？』」因黃鸝之聲悅耳動聽，可以發人清思，激發詩興，詩興的激發必須砭去俗思，代以雅興。論壇的名稱「吹鼓吹」三字響亮，而且論壇主旨旗幟鮮明，立即驚動了網路詩界。

「吹鼓吹詩論壇」網站在台灣網路執詩界牛耳是不爭的
事實，詩的創作者或讀者們競相加入論壇為會員，除於論壇發
表詩作、賞評回覆外，更有擔任版主者參與論壇版務的工作，
一起推動論壇的輪子，繼續邁向更為寬廣的網路詩創作及交流
場域。在這之中，有許多潛質優異的詩人逐漸浮現出來，他們
的詩作散發耀眼的光芒，深受詩壇前輩們的矚目，諸如：鯨向
海、楊佳嫻、林德俊、陳思嫻、李長青、羅浩原等人，都曾是
「吹鼓吹詩論壇」的版主，他們現今已是能獨當一面的新世代
頂尖詩人。

　　「吹鼓吹詩論壇」網站除了提供像是詩壇的「星光大道」
或「超級偶像」發表平台，讓許多新人展現詩藝外，還把優秀
詩作集結為「年度論壇詩選」於平面媒體刊登，以此留下珍貴
的網路詩歷史資料。2009年起，更進一步訂立「台灣詩學吹鼓
吹詩人叢書」方案，鼓勵在「吹鼓吹詩論壇」創作優異的詩
人，出版其個人詩集，期與「台灣詩學」的宗旨「挖深織廣，
詩學台灣經驗；剖情析采，論說現代詩學」站在同一高度，
留下創作的成果。此一方案幸得「秀威資訊科技有限公司」應
允，而得以實現。今後，「台灣詩學季刊雜誌社」將戮力於此
項方案的進行，每半年甄選一至三位台灣最優秀的新世代詩人
出版詩集，以細水長流的方式，三年、五年，甚至十年之後，
這套「詩人叢書」累計無數本詩集，將是台灣詩壇在二十一世
紀中一套堅強而整齊的詩人叢書，也將見證台灣詩史上這段期
間新世代詩人的成長及詩風的建立。

若此，我們的詩壇必然能夠再創現代詩的盛唐時代！讓我們殷切期待吧。

2011年7月修訂

詩響起與思想曲

林煥彰

「詩響起」與「思想曲」，究竟有何不同？說是不同也是相同，我這樣認為，所以用它做題目，來談談蘇善的詩；她的詩，是有思想的，但是很好讀，會讀得很愉快，一如聆賞歌曲一樣。

喜歡蘇善的詩，是從她的詩集《詩藥方》開始，不只因為她的詩讀來「清新」，更因為她的詩具有獨特的詩思、詩想，不斷求新求變，語言簡潔凝鍊、靈活巧妙，餘味無窮。

真的，讀蘇善的詩，不論她是為兒童、還是為成人或為她自己寫的詩；也不論她是為特定語文族群所寫的「母語詩」（台語，給父母讀），或者一般我們習慣的中文表現，你都不難感受到她的真誠、她的用心、她的創意。她尊重語言、尊重讀者、更尊重詩；讀她的詩，你真的會很愉快。

《詩響起》這本詩集，對我來說，是本全新形式的詩集，以散文（150字以內）與詩（20-30行）並置，然後再延伸寫出每一則150字以內的散文加一首一行詩；總計寫了172則，分成「娃哭了」、「娃航行」、「娃聽割」以及「娃奈米」四輯，成為一個系列，名詩人蘇紹連稱之為「娃系列」。我靜心閱讀

這個系列，如果一篇序言可以允許我不斷引錄其中深獲我心的佳作，我可能得將整本書從頭到尾抄錄一遍，才不會漏掉我應該和讀者分享的部分；當然，我不能這樣做，可是我仍然忍不住抄錄幾首。

　　就說第一輯〈娃哭了〉這篇散文和一首分四段的詩吧！我嘗試重新調整散文部分的排列形式，簡直就變成一首非常好的「散文詩」，請試讀全文如下：

　　　　娃哭了，娘鼻酸，手絹兒拉開，兩角串出河水蕩蕩。
　　　　娃笑了，娘嘴彎，眉橋兒拉開，兩眼漾開湖色透光。
　　　　娃拍掌，娘撩起裙腳轉圈圈；
　　　　娃歌唱，娘記下兒語學文人。
　　　　娃的夢剪輯娘的夢，娘的船拉著娃的船，
　　　　娃問：「是不是咱家在海上？」
　　　　娘說：「子宮只是想像。」
　　　　娃問：「是不是離開就不會想念？」
　　　　娘搖搖頭，細語喃喃：
　　　　「漂浮是細胞的力量。」

　　這一篇原是不分行的接排的散文，是一般所謂標準「散文」的形式；但我看來，蘇善的這一篇短文更是一首好的「散文詩」。這篇〈娃哭了〉還附有一首四段的分行形式的詩，每

一段都緊緊相扣，要說它每一段都可以獨立成一首小詩，也無妨；甚至連題目都有，不必外找。請看它的文本：

娃，愛是利刃
動不動把心劃傷
殘忍是他的功能
帶著防身
不帶卻傷人

娃，孤獨才是伴
把身軀縮了
宇宙就寬
怎麼哼都有優美的回聲
所以哭吧
曲調讓他自選

娃，愛不能瓶裝
摻了什麼
就要質變
凍吧
等天冷時
證明他的堅硬

娃啊，一條路那麼長

跳著走很好呀

摔倒了

就說故意編的

把姿勢擺漂亮

說不定有人鼓掌

多好的可圈可點的一首詩，一首具有全新詮釋「愛」的好
詩，是逗娃歌、戲兒詩，既是戲弄現實，又吟詠人生，讓我讀
得心跳不已、感動不已！

再以一則短文一行詩的作品來說，請看同是收在第一輯中
006的〈愛〉和007的〈舊鞋〉兩首：

006

躺在病床上，才能體會無能力的困境，因此領略了寬
容。想起彼時母親復健喊疼，我的直說勸言簡直酷庆。

〈愛〉

話是直的，腸子太彎

007

終於挑到中意的，才忍痛把喜愛的舊鞋丟了，有些不
捨，但慶幸留下一些足跡照片。

〈舊鞋〉

走過去，邁心的

這樣的作品看來簡單，實不簡單；同為人子或人女，你能體會多深？感悟多少？以〈舊鞋〉來說：舊的不去，新的不來——如肯用心細想，說得很簡單，真的很不簡單，這只是一件生活小事，你可曾把它想成詩，而又怎能用一行來表現、來完成？說它是「走過去，邁心的」！這「走」與「邁」、「去」與「棄」，「邁」與「買」、「新」與「舊」、「新」與「心」都可能糾纏在一起；人生世事不都也是這樣掙扎、糾纏不清嗎？可你什麼時候能如此了悟、透徹人生？

再就同樣是攸關生活瑣碎議題之作，如同輯的014和021兩篇如下：

014

孩子同學的母親手巧，隨時有禮，譬如酸梅湯、鳳梨酥、銅鑼燒以及蘿蔔糕，拙娘如我，無以回贈，唯有書。唯有，自省自勉以詩：

〈料理〉

抑酸揚甜頓苦挫辣，筆鏟鏘鏘

021

孩子心疼地說，傘壞了。那是我為他挑的漂亮的好傘，
以為可以撐過冬雨然後遮蔽下一季的陽光。唉，愛之惜
之，仍然難免折斷。

〈放手〉
風太強，自由才是最美的方向

　　光看前者的〈料理〉，她又如何能將文字順手捻來，便
能讓每一個字都服服貼貼，使酸的甜的苦的辣的，都不再「酸
甜苦辣」了？蘇善的詩，簡直是有魔力的，令人嘆服！至於後
者的021，簡簡單單的「唉，愛之惜之，仍然難免折斷。」這
「唉」一聲長嘆，就叫多少為人父母者，尤其是天下母親，哪
個不感同柔腸寸斷？又加再三長嘆呢！

　　還有三輯以及近150則，同樣新的形式、同樣的好作品，
我不能再這樣一首一首引出來回應我讀後的心聲，最後忍不住
要說的還是，也算讀後感：

　　蘇善的詩，是屬於生活的，與人人有關，人人都可以讀，
也應該讀；差別只在：有些好懂，有些不一定好懂；好懂，不
是無味；不好懂，也不是不能感受其中的詩味；但我讀到的都
是好詩，好詩耐人尋味，讀後足以獲得啟發，正是美國已故桂
冠詩人佛洛斯特所說的：「讀起來很愉快，讀過以後感覺自己
又聰明了許多……」的那種意思。

讀詩，我要的就是這部分特質；我要的不是很多，可我常常得到的卻比這個還多。我這麼說，並不表示我很厲害，都能讀懂蘇善的每一首詩，但我卻能夠從她的詩感悟到人生的什麼，是屬於心性的感悟吧！

　　蘇善是善變的。我說的是她的創作、她的詩，她勇於改變、勇於創新。這本《詩響起》，就是屬於全新的成功的嘗試之作。

2013.01.06　20:08　於研究苑

私想起

蘇善

　　且從吹鼓吹詩論壇《論壇十四號》「家族物語」專輯徵詩說起。

　　為了參與徵詩，我完成四首作品，分別是〈娃哭了〉、〈娃航行〉、〈娃聽割〉以及〈娃奈米〉，蘇紹連老師稱之為「娃系列」，這是散文（150字以內）與詩（20-30行）並置的創作形式。勾勒片段的過程中，深藏腦海的記憶迸發出來，我的書寫速度必須跟上，縮小篇幅恰符需求，百字散文搭配一行詩的形式因此固定。

　　這些快寫片段陸續貼上社群網站「臉書」(Facebook)，引起關注，我被問及有無集結成冊的打算。

　　坦白說：沒有，一開始，完全沒有。

　　寫著寫著，除了「家族物語」含括的內容，我將眼前的生活經驗與體悟也記錄下來，速度與篇幅隨之倍增，至此我才驚覺，彙編成輯或許可能。

　　再細想，很多事情，曲折天成，譬如德勒茲，先前讀他的中譯著作，難以探入，讀了英文及法文版本方可略懂；譬如德永英明的歌，那經過歲月磨練以及模糊性別的嗓音適時聽見，煨熱我的心坎；又譬如「臉書」，也是2011年下半年才頻繁使

用。於是，生活中種種機轉促成此番網路創作的現況，我乃順勢而為，不過，全身激動。

這個「詩響起系列」，自2011年10月29日張貼第一則起始，在耶誕日劃下句號，兩個月的時間，共計書寫172則，約有三分之一暫未公開。

書寫猶如過篩，有些記憶被凸顯，有些必須遺忘，過程中，自我掙扎不時發生，每一次都是淬洗，煥發容顏與心境。

我一直深信，書寫持續創作我的生命。

近些年來，停寫散文時，我決定寫詩。不寫小說的時候，我寫詩。想不出童話的時候，我就寫詩。寫著童詩的同時，我也寫詩。

簡直得了詩心瘋！

而且，我總寫小詩。小相對於大，篇幅短，承載少，可以寫得快、寫得多，但是，小詩很難被刊登，幾乎無法競逐文學獎項哪。

無妨。

寫詩，我首先拾掇自己，充滿歡喜。

拙作得以出版，感謝蘇紹連老師美成，以及林煥彰老師贈文鼓勵。我的孩子澤玟與澤瑄一起描繪插圖，也為此作增添意味。

謹以此書獻給我的親愛的家人，特別是兩個妹妹。

CONTENTS

輯二

娃航行

輯三 娃聽割

輯四 娃奈米

娃哭了

娃哭了

娃哭了，娘鼻酸，手絹兒拉開，兩角串出河水蕩蕩。娃笑了，娘嘴彎，眉橋兒拉開，兩眼漾開湖色透光。娃拍掌，娘撩起裙腳轉圈圈；娃歌唱，娘記下兒語學文人。娃的夢剪輯娘的夢，娘的船拉著娃的船，娃問：「是不是咱家在海上？」娘說：「子宮只是想像。」娃問：「是不是離開就不會想念？」娘搖搖頭，細語喃喃：「漂浮是細胞的力量。」

娃，愛是利刃
動不動把心劃傷
殘忍是他的功能
帶著防身
不帶卻傷人

娃，孤獨才是伴
把身軀縮了
宇宙就寬
怎麼哼都有優美的回聲

所以哭吧

曲調讓他自選

娃，愛不能瓶裝

摻了什麼

就要質變

凍吧

等天冷時

證明他的堅硬

娃啊，一條路那麼長

跳著走很好呀

摔倒了

就說故意編的

把姿勢擺漂亮

說不定有人鼓掌

001

總有一些沒讀完、沒寫完的。時間不夠用,因此希望變成「不眠金剛」,結果養成失眠,惡性循環。所以,每到夜晚,我總要暗禱:今夜,賜我好眠!

〈黑眼圈〉
莫繫夜,浮舟洩偷情

002

引用德勒茲的說法，我願是一顆「蛋」，揉合時空經緯，潛能無限。若套用卡通語言，我正在「進化」哪。

〈扭蛋〉

五十賞，半老彈出惡華經

003

在網路虛擬面晤，也許是現代生活面貌之一，與子鍵談，收穫
多樣。但是，每天湧來各式各樣的訊息，一時也消化不完。

〈臉書〉
不鍵君，　共飲藏將水

004

出門去，抵達目的地才發現忘了手機，一時間，誰的聯絡電話
也記不起來，整個人陷入黑暗。

〈智慧手機〉
掏空記憶體，惱不及

005

碰到要糖吃的魔鬼隊伍，樣貌猙獰，個個可愛，跟在後面的大
人卻顯得彆扭。至於我，看著自己的孩子，想那樣曾經小小的
個兒，如今已高過我的眉頭。

〈面具〉
厚彼薄此，千層派

006

躺在病床上，才能體會無能力的困境，因此領略了寬容。想起
彼時母親復健喊疼，我的直說勸言簡直酷戾。

〈愛〉
話是直的，腸子太彎

007

終於挑到中意的，才忍痛把喜愛的舊鞋丟了，有些不捨，但慶
幸留下一些足跡照片。

〈舊鞋〉

走過去，邁心的

008

書寫已然豐盈生命，一切機緣都是美事，心懷感恩，回到初始，創作是存在的力量。

〈單子〉
沒有座標，不掛宇宙

009

突發異想，改喝早茶，興味不對，還是泡了咖啡，肉桂粉末撒
下，打亮一具精神，還是老樣兒尋樂！

〈癖〉
辟成疾，吞苦快活

010

抓住靈光,書寫發端。譬如我的小說《阿樂拜師》、《凹凸星球》和《攔截送子鳥》都由點滴漣漪擴大的,妄想。

〈無題〉

滿紙白話,鉛筆謀殺橡皮擦

011

寫台語詩，給父親和母親，用漢字寫，也給孩子看，筆是橋，
詩做磚。

〈福報〉

討債人做牛，牟詩

012

伏案整日，書卷壓頂，這個沒讀，那個半懂，一口大氣，吹倒
偷食螞蟻一串，忽而拍腦，寫出閃電。

〈寫詩〉
最低產量，日耘一行

013

友戲言，吾詩少一帖，題曰嬌嗔，故搔首試擬：

〈浪漫〉

婆老牙黃，啐說阮郎壯

014

孩子同學的母親手巧，隨時有禮，譬如酸梅湯、鳳梨酥、銅鑼燒以及蘿蔔糕，拙娘如我，無以回贈，唯有書。唯有，自省自勉以詩。

〈料理〉
抑酸揚甜頓苦挫辣，筆鏈鏘鏘

015

老師穿淺灰白長褲搭配淡紫紅細紋襯衫，而我，黑棕條紋加牛仔褲，嗯，適合討論性別與差異，適合思考：

〈主體〉
衣櫥裡，全是穿給人看的擬象

016

小時候看母親舉香，心想：怎麼那麼厲害，滔滔不絕講著祈願。現在略略懂了，因為太多掛慮，念著太多人。譬如雨夜總想：某某啊，某某某啊，是不是都進了門？

〈睡前禱告〉
夢裡來吧，童年走失的羊

017

孩子朋友的朋友車禍身故，間接影響一群孩子，身為母親，如
何為其療傷？如何解釋死亡？

〈儀式〉
人力磁場，真空悲愴

018

一個孩子枕著媽媽的腿，翹高小屁股，變換各種舒服的趴姿，
想像旅行。為之心動，寫下印象：

〈天堂〉
軟浪浮浮，一條臍帶拉著船

019

以前讀理論，是懸著，懸在生活之外。今天的課，把理論織進
生命裡，時間為之詮釋，老師佐以青春講解。

〈緣分〉
反了方向又繞一圈，還能遇見

020

改宗失敗，舊念無存，柴米油鹽燉不出一鍋信仰，暖胃飽腸。
文學來了，故事來了，抓一帖人生藥單行不行？

〈暢銷書〉
以數字之名，驅趕撒旦

021

孩子心疼地說，傘壞了。那是我為他挑的漂亮的好傘，以為可
以撐過冬雨然後遮蔽下一季的陽光。唉，愛之惜之，仍然難免
折斷。

〈放手〉
風太強，自由才是最美的方向

022

午夜分享生日蛋糕，隔日晏起顯然可以預料，因此，賴床的沒有臭臉，照例緩緩梳洗，似在回味耽樂，未見戾氣。

〈鬧鐘〉

吊嗓吞雞唱，無夢停眠

023

孩子在聯絡簿上模糊指責，問清了對象，我說：成人之責，自行負擔。然而，這是受到波及的他嘗試釋放怨懟，我懂，但願時日推移，他也能弄明白。

〈事件〉
丟入流光，真理只露一瞬

024

雨勢撲撲，不能去菜市場，濺得一腳腥泥，惹來心頭不安。如此浮想，卻有瑣務，必須出門，順了路，轉進，烤地瓜的氣味撲來，瞬間便將我拉回焢窯的下午，好香。

〈想念〉
記憶撲滿，提領不用簽名

025

好久不寫散文，怠筆會鈍。結合一行詩，書寫有了新方向，文詩互補，出現新的思考空間。我想著寫著，順其自然，也許再過一陣子，性情突變。

〈靈感〉
且說莫等，舌頭最擅否認

026

發表論文歸來，氣息尚在，計算得失，膽大一層，面皮厚了三分，揪出數根白髮，通體舒放，應可緩老幾個時辰。

〈驛站〉

伊廄在，馬蹄倦

027

看著窗外景觀，宜蘭水田連畦，到了花蓮，稻子已然開始抽
穗。生活樣貌如此不同，或記憶或想像，或複製或取代。可
惜，一只隨身匣，存不下所有印象。

〈旅行〉
心不移，動輒出發

028

計程車司機是一位大姊，去時交談幾句，感覺可靠，便預約回程。回程中，兩人聊開，她簡述幾個人生片段。心頭一震，我想，這又是上天的開示啊，感動，並且銘記於心。

〈再現〉

書血療法，一行一放

029

輕裝出門，一日往返，這邊有繫，那邊難拴。時間路只有一條
筆直，人間路卻是處處曲徑，取捨無準。

〈選擇〉
想吃所有的糖，願賭牙齒掉光

030

遇上要事不吃不喝,漸成習慣,不論場面,譬如課堂報告以及發表論文。但不是完全禁食,得喝咖啡,得吃巧克力,鎮定心神。

〈催眠〉

森林沒狼,童話要跳過剖肚那一段

031

自認準備周全，大碟、小碟、手機、雲端加上紙本，不怕丟了
檔案，不怕沒有腳本。未料，主持人「年輕學者」一語擊破信
心，令我垂頭，髮線閃出一道白光。

〈經驗〉
休論先驗，在場證明胃翻

032

發表論文,似乎總有差池,輪流表現堅強,幸好,同場發表人多能彼此體諒。除了研究分享,博士生傳遞關懷,互勉修業即生活,我這種老學生尤其受用。

〈學分〉

超修不能,抵掉人生

033

孩子去旅行，我也跟上，紙上。繞著時鐘，我跟上他的行程，
繞呀繞，繞到他的房間，叨唸一聲「亂」，想要打掃又不帶
勁，還是去找書看，翻呀翻，想今晚不必等門，早點數羊。

〈家〉
吃喝拉撒，小豬滾煩

034

喜歡時空議題，譬如《星際爭霸戰》(Star Trek)，戲裡最讓我著迷的是「物質傳送」，省去中途，直抵端點，這樣旅行多好啊，不暈不悸。

〈飛船〉
島游，千尋寒星

035

孩子大了，家務跟著寬鬆，毋須守死規律，先要隨性，而後隨興，人我皆安。此際轉換角色已是必然，時間失而復得，慶幸我有詩書對談。

〈管家〉

不及梁柱，夢蝶飛遠

036

曾想寫上一本書信留給孩子，後來轉念，作罷，還是創作比較有趣哪！也許，讓孩子透過作品形塑，那樣的我反而具體而鮮明。

〈遺書〉
章節太多，提筆即刪

037

不能一篇千字，我便日日積攢，有思有詩，有寫有行，兼做雜
項，不欺直感。如此歷時瀝詩，從紛擾之中篩出清談。

〈烏龜〉
命要比硬，才能卜命

038

談起創作，我不會怯場，因為，這一路走來，好多旁枝細
節，能講得天昏地暗。然而，別途另有風光，我的，僅僅一
種可能。

〈骰子〉
多擲為零，不如托缽掙飯

039

孩子從小知道我的工作型態，因此極少動用我的電腦，感覺媽
媽的秘密全藏在那個會發光的方框。如今，我們在臉書會面，
分享動態，感覺枕邊細語數著殘更。

〈隱私〉
沒有一條線，不能無限

040

孩子一回到家，立即回味旅程，說這說那，讓我驚顫。若我
陪他，大概沒能玩得盡興，因為我這個膽怯的媽媽，總說：
小心。

〈鬼屋〉
閉眼就黑，魅抱影

041

我擅丟，名為整理，維持斗室明淨。因此，若有失物，我被
視做第一元凶。奈何書多，不捨玩意兒，屋內依舊處處無用
的寶藏。

〈寄居蟹〉
扛著空相，那不是一棟房

042

我接觸科技產品的時間比孩子多,技術卻遜色很多,因為我的
使用範圍有限,大抵與創作及閱讀相關,其他則無心探究,譬
如遊戲,我的憤怒鳥還沒飛過第一關!

〈開心農場〉
蚯蚓無泥,菜蟲沒梗

043

喜歡德勒茲的潛力「蛋」說，總在思索「去疆域化」
(Deterritorialization)，予以驗證。不論在現實世界或文學領
域，我自許為「蛋」，超越身分，開展人生。

〈煮婦〉
書堆灶，燉骨把詩熬

輯二

娃航行

娃航行

娃要做爹的兒子，可是娃穿裙子。爹教讀書寫字，不教工夫；爹教待人處事，不授拳術。娃啊，懶理家務，拋針黹，遠庖廚；娃啊，塗塗寫寫，寫東西，編故事。玉筆鈴聲闖出爹的江湖，霧夜燈塔唱著娃的心事。爹要娃學女子，可是娃恨媚術。爹要娃做人婦，可是娃不要拘束。娃於是航行，一個故事又一個故事；娃學會變身，想從餘生玩到下輩子。

失身，愛嘛
身體變房子
大房間供先祖
小房間養巫毒
儀式衝突
蜘蛛趁機編出關鍵字
三從四德
企圖收服

失聲，愛呀
嘴巴只管吞日子

大聲爭不得解釋
小聲論不得錯誤
是非模糊
聲音無嗓
如風嗚嗚

愛，終究詩生了
拋開身分
不被分屍
回復一個本我存在此時此處
男人女體懂傷心
鋼木蘭也會哭
顯隱晦隱
都逃不出
一雙讀眼識得痛楚

044

天外飛來一句「對不起」，無矢無的，翻找記憶，只剩一團幾乎褪印的曾經。此際非關接受，因為，沒有筆據。

〈口信〉
劃心，畫出漫天鰩魚淚星星

045

腳底發冷，就想到他。這個小箱子啊，一整年都躲在書桌底下，陪侍五年以上了，沒有他，我會變熊，一整個冬季無法活動。

〈冰箱〉
酷兒，撲冷霜

046

來自美國、法國、加拿大以及中國的同學一起上課，我們用
英語討論日本電影《沙丘之女》，跳開情欲，我依然關注時
空議題。

〈砂時計〉
一粒疊一粒，重複無差異

047

說與不說，不易拿捏，於是我寫。寫，也是說，沒有對著耳朵
罷了。寫多寫少寫深寫淺也得斟酌，折磨一番，琢磨一層，紛
亂漸漸沉澱，洗出澄明。

〈言說〉
擬不存在，擬存在

048

外婆講話繞圈，話很纏。她的身體健朗，相較於臥病的奶奶，
我與她互動更多，彼時寄宿半年，生平第一次看牙，也是她帶
我去。

〈烏魚子〉
拜星月，牙祭

049

以為咖啡日飲兩杯不會上癮，未料奶腥日濃，再加一匙黑粉始能壓制噁心。這是漸入膏肓啊，儼然一幅《咖啡清唱劇》。

〈拿鐵〉

拿東拿西，不許拿掉元氣

050

一家子觀光客，拿出旅遊指南，嘰哩咕嚕。那一本貼了很多標
籤，他們似乎想把這個城市走遍。我不禁自問，我呢？還想把
什麼貼在心靈相簿？

"Flâneur"
心眼不同步，筆也競速

051

聽音可辨那噴嚏是豪放或遮掩，以及那人如何修養自己。偏偏
擁擠之中急雷轟響，左頰感覺雨絲撲來，已然閃避不及，我只
能恨恨撇過臉去。

〈衛生紙〉
難得手帕交，不在場證明永遠有效

052

公車司機先生有禮貌，一人一個謝，很周到。可是，這些連成
一串，謝謝謝謝謝謝謝謝謝，令人難辨其異，也難識其意。

〈自動點唱機〉
銅板噹噹，定情只選一曲

053

坐上公路局的車子就能到阿姨住的「新」村，那兒房子牆貼
牆、門對門，室內陳設幾乎一樣，我心裡問：會不會跑錯門？
而中間一條長巷，直通通的，亮出一幕「串門兒」景象。

〈花捲〉
香愁，揉給思念的肚囊

054

記得便記下，儘管有些事情早被遺忘。譬如外婆何時去逝？因病？其間過程種種，我再也想不起來，僅留一張印象：倚門哭泣的我盯著儀式，不能靠近。

〈遺照〉
面目漂白，回到娘胎

055

子夜，引擎的重低音呼嘯而過，世界震動，路邊沉睡的車子驚
叫，方才離魂的我霎時回神，唉，我又得去找羊。

〈枕邊音樂〉
旁白循環播放：請充電

056

文字向來不是我的「玩意」，嚴肅如我，總要斟酌下筆震力，
我相信，念頭正，語意無邪氣。我敬字，行列盤棋，盡力領悟
「人生」這一局。

〈棋士〉
沒有恐懼，給我棋

057

曾經開過小玩笑，本欲扭轉刻版印象，卻被孩子當真，這才驚
覺自身言語的份量，從此謹言，不出誑語，不違本性。

〈鐵面人〉
青春無痕，銹給你

058

若領悟植於錯誤，如今三省吾身當是細過頻仍，自己承擔則罷，無奈連累家人，自責，已然無法補償。

〈風箏〉

紙龍，穿雲撇骨肉

059

又看到打掃的大姐，她說缺勤乃因病體開刀，暫時只能擦擦、掃掃，必須倚重代班的丈夫清運垃圾。言談間，我見她形容憔悴，神色卻是幸福十分。

〈鴛鴦〉
不渡洪流，翅膀何用

060

當身體妥協，發疼為訊，整部機器早就耗損，勉強朝夕。趕
緊餵下一粒維命，或者關機小憩，狀似緩解，螺絲恐怕掉落
內中。

〈阿斯匹靈〉
浮士德試吃報告：一錠不行

061

某日贈書給一位老師，令他驚呼：座前竟藏筆劍！他擔心被描成惡相，我則解釋：筆不傷人，只剮己身痛瘡，所以命名為「善」。

〈劍客〉

非刺秦，尋短

062

以前我是家裡的美工，就連紅包袋上面的賀詞也讓我寫。現在換我向孩子求助，我說他畫，想像轉成敘述再輸出圖檔。

〈風景〉
馬還在，騎士夢裡不回來

063

遲早「愛」會質變吧，像德勒茲分析電影中的臉部特寫，抽離，
沒有時空，純粹化，不因人物，而是起自內心的一種深情。

〈淨水器〉
換濾心，不怕水濘

064

一位盲生下樓梯，我看他用細杖探觸扶手，快步踩踏，末階停頓，確認抵達，其迅速，炫技一般。我不禁想，這世界在他的黑暗裡是什麼模樣？差異如何發生？

〈窗簾〉
隱私，遮光不遮眼

065

有位老師說，他花了十年才得以親近德勒茲；而我的熱情，兩年未滿，初次追求心儀對象，不免靦腆，更嘆年華不好，步履懶緩。

〈情書〉
關鍵字：引用不當

066

我被妹妹「押」去練瑜珈，其中的大休息式可以讓人放鬆身心，甚至呼呼入睡。我卻一直不能，有一回更迸出熱淚，不知為了哪樁。

〈祕密花園〉
地精迷路，就是要討回他的糖

067

給孩子簽聯絡簿，像鬼畫符，太久沒練字了。現在成天敲呀敲
的，整齊又漂亮的字就跑出來，連毛筆都有自動墨水哪，而書
寫，也掛上雲端，無限串連。

〈永〉
畫中仙，風袖捲

068

瑜珈老師注重細節，隨時微調光線、溫度以及音樂。我躺著大
休息，還能聞見花園，譬如茉莉、百合、野薑。如此歷時兩
年，我總算體驗到一秒失蹤，瞬間思空。

〈冥想〉
明明不想，貝殼沖上岸

069

銀色車子走下來一位男子，穿著拖鞋和運動褲，立刻壞了眼前
風景。我當下決定，下次上菜市場也要盛裝，不讓人發現魚尾
紋上掛著夢中摘下的星星。

〈佛〉

四面金，八方迎

070

喜歡德勒茲起於私心，彼時我遇關卡，他用文學詮釋哲思解開我的迷惘。如今重讀過往，物件和記憶碰撞時空，思緒噴漿，這一爆，海中造山。

〈日記〉
一個布袋，裝下整座蘋果園

071

如果已經輸掉天下，戴盔再戰，多活一天，就是小勝。如此放眼，處處昭示，一思一詩，一盞一盞點亮，我的光明燈。

〈詩集〉
洞裡敲石，出太陽

072

一週至少一通電話問候，我像以前就學一般，說些生活細項，不惹母親憂煩。對於母親來說，守著電話比親見人影簡單，也容易達成。

〈火車〉
麻雀排班，不管童年撤站

073

孩子最近常常遲到，我在考慮是否回復「鬧鐘」之職？又怕自
己夜不安寢，體力難濟。於是問孩子，他說：「我挺得住。」

〈夜梟〉

不孝子，盼天曉

074

一入冬，車廂恰如四季伸展台，短裙、涼鞋、背心乃至圍巾、大衣，雖說冷暖自知，不免透露年紀。我穿了毛衣，至於戴口罩者，除非生病，大抵有點小潔癖。

〈洋蔥〉
藏來歷，剝出淚滴

075

附近有間小小的木料行，每次經過，我總要用力嗅聞，呼吸木
頭香，想起幼時村尾那家工廠，簡直橫躺了一座森林。

〈鋸子〉

東拉西扯，舊事就是龍鬚糖

076

橋下那條小河渠，總有釣客，傘的表情，斟酌陰晴。墨青水
裡，可有魚？我猜，那一定不是他們等待的目的。

〈蚯蚓〉

魚腸如何，滾出道理

077

小學時我最愛遠足，走在一支長長的隊伍裡，從學校走到水源地，穿越村莊，目的不在遠方，而是向等在門口的親人揮手，那感覺真像英雄，害羞又覺得意。

〈水壺〉
忘了帶湖，昏倒半路

078

沒去菊展，錯過花姿，以及一種悠閒。我更想看那座玫瑰園，還有兩排梅樹，找尋青果掛在枝葉之間。也許故意忘記，強迫自己用某個儀式換下舊習。

〈君子〉
未見風曳，離瓣成泥

079

妄想住在藝文街，大博館小藝廊大書局小書店大劇院小演廳，大咖小舖，令人流連。無奈左右大炒小炒，日吵夜吵，而此際的我，吃食維生，再無他羨。

〈酒瓶〉
思釀回春，不賣命

080

愛瘋則短視，鏡子模糊，看不見青春，怪物變形怪花凋殘。我得買一副變焦而且具有透視真相的功能，就算刺眼，也要瞄出究竟。

〈驗光〉
指向缺口，誓言熱度未減

081

大學時，我曾在快餐店打工，雖有免費午餐，卻苦於強記客人
的點單，後來還是找了英文家教，自在而勝任。

〈鋤頭〉
良田在別處，礫石好磨刃

082

童年只要玩，田野無限寬，天暗歸返，不讓倚門。現在的孩子，補習補到燈打盹。時鐘揪臉，只能眼巴巴，等著，等著門外響起一串噹啷。

〈書桌〉

時日造冊，讀不完

083

光陰無情，並不預警，傷癒皆然。時間狡局之下，瀕死或清醒，轉念完成，我因此懷疑，經驗總和為零，每一秒，都在新生。

〈蛋〉
不破，自圓想像

084

對於車上睡覺的人，我一向羨慕且懷抱敬意，不時瞄過去，揣想那份沉酣。因此有了機會在終點站將人搖醒，兩次，都是年輕人。

〈隕石〉

只有天知道，無命之命

085

長思短，短念長，變髮與否，我總逆時而行，怕遇壞剪，又怕
進了美容院，挑過百款，頂上依舊老樣，想了想，便又省下買
書錢。

〈麵線〉
掛慮太多，想念不想彎

086

曾經與人合開書店,一間很接近理想的書店,有咖啡、畫展、
演講、課程,但是,書賣不動,現實終究贏了。

〈樹屋〉
大小孩都在,就等傑克把金雞偷來

輯三

娃聽割

娃聽割

娃聽歌，心和悲，哼著痛。娃娃問：「歌似刀，割了又割，又如何？」娃說：「歌過，割過，痛裡尋快活，證明活過。」娃娃問：「歌要唱，痛要說，分享如何？」娃問：「分寸如何？」娃娃說：「唉就唉了，嗚嗚咽咽唱足他二十四個小節也可。」娃想：「人聽否？」娃娃想：「人憐否？」雙姝乃合抱跳冥河，遇惡龍，吞入又吐，龍嘆：「骨髓沒苦透。」

娃，歌若割
戴上耳機
腦袋轟出血肉
別濺了
濺得花容失赦
嗜腥臭

娃，割也割了
棄傷才能活
斷肢不必
已經泡過冥河

轉頭人間

遺忘就無傷口

娃，歌非割

揉合時空

聲音煨溫柔

熱怕萎

冷怕哆嗦

淡到剛好噙淚

回流入喉

滋味說不得

087

我身上漸漸出現父親的「毛病」，明明關心卻說得淡然；不
笑，就是一張閻王臉。也許，我應該開始對鏡，練習花綻。

〈塔羅〉

惡魔讀牌，怕你不敢愛

088

我有一些「不合時宜」的堅持,諸如讀法文系、做文字工、自己帶孩子、讀博士班等等,挫折連連。而今,往昔種種正是支持今日的力量。

〈薛西弗斯〉
滾吧,不差再多一趟白工

089

捷運車廂也是我的道場，譬如我曾經盯住比丘尼的頭，冥想。
不出半刻，我摸摸自己的後腦杓，落髮之念頓時消散。

〈素肉〉
思無相，風吹禪

090

家裡沒規矩，我看著父親和母親的舉止學習自重與自律。而今，我努力仿效，讓孩子體察隱形的倫紀。

〈鞭子〉
不及女身，徒振風

091

校對詩集時，猶可同感抒寫當初的心思波動，暗自覥腆；也有一些陌生的詩句，讓我忍不住驚呼「漂亮」，以為那是別人的生命結晶。

〈潛龍〉
田不棄，爬梳醮天地

092

幾近半百，還在累計「第一次」經驗。譬如出版詩集及其網路
預購，或可諧謔自「作」自「售」，其實詮證逝水哲思，每次
涉入，皆是無可取代的唯一。

〈人間〉

滄浪清濁，問五官

093

阿姨到我家，都坐姨丈的計程車來。姨丈總是笑瞇瞇，用奇怪
的台語與人攀談。有一次，他載我陪弟弟至鄰縣學校報到，照
顧我們吃喝，像極了一位父親。

〈鄉音〉
人相親，說話就玲玎

094

通車上學，不覺辛苦，回家成為期盼。我慢慢能夠感受離會的
差異，也開始體悟旅途事件，譬如等車時，某人遞來一包香水
口香糖，那香，此時猶聞。

〈琴〉

流涎唱，清濁殊音

095

幼時只有父親幾本演義可讀，每每巴望新學期的參考書，跳過
正課與試題，我總是迫不及待翻動薄薄的紙張，嗅聞墨香，埋
頭啃個盡興。

〈布袋戲〉
木頭不換，劇本改幾行

096

某日被問：「擅寫童詩？」我頓了一下，含糊嗯嗯，嘴不多
言，實則迴盪於內，自問數遍：「果真？」

〈筆〉

邊町五種，寒暑耨耕

097

有位外國人士摀住耳朵，痛苦與嫌惡同時寫在臉上，而我，在當下卻不存在，音樂將我輸送異域，遠離轟隆的車廂。

〈耳機〉
耳洞吃黑洞，心球誕生

098

讀新聞，易動怒，尋處抒放，發為詩句，暫可止嘆。但終究只能感喟，書生無用，腕力不濟，且現實掐頸，不容逃避，因此提筆養肺練氣，延命。

〈經書〉
百喻無字，寫白青絲亂

099

有時懊惱擠不出華麗的文字，沒有溫柔情感，盡是說些硬梆梆，思想詩響，筆見比劍，劃出一身傷痕，慢慢舐舔，血中竟泌甘甜。

〈炭〉
就死復生，不燒不紅

100

對我來說，土芒果只有一種吃法，抓準時機摘下，削皮、對切、去籽。醬油裡放入薑末和紅糖，芒果片為匙，沾醬，必須鏟起一堆糖粒，才能壓過那酸。

〈爬樹〉

猴子怕搖，決心做人

101

拜訪國文老師，午餐時，有一盤「混蛋」，得沾番茄醬，這對吃慣荷包蛋的我來說，真是新鮮！迄今，碰到蛋或番茄醬，我都會想起年少的這一段。

〈作文比賽〉
不能談心，要學猩猩

102

我喜歡簡單料理，譬如馬鈴薯燉肉，加入胡蘿蔔和洋蔥，白胡椒粒和月桂葉一定得放，那慢燉四溢的香氣啊，我自己好喜歡，也想讓孩子記住，把媽媽的味道留在心中。

〈晚餐〉
燭光享瘦，街燈吃撐孤單

103

冰冷冬日，最想念母親的辣椒雞湯，不加別的，只有自己種的
小辣椒，好紅，好嗆，小孩子一人一碗，才喝完，立刻變身噴
火龍。

〈左手香〉
右手藏，鼓頰直說沒吃糖

104

彼時學做手工書，手在動，嘴在動，腦在動，恰巧抓住一縷記
憶行蹤。我提筆記下，寫成第一首台語詩〈含笑〉，開啟了詩
門，獲得徵詩優勝，尤其怦動。

〈童年〉
沒頭沒尾，地鼠挖洞

105

父親養過鴿子，我偶爾幫忙清理鴿籠，父親會給犒賞。那是一
顆小小的新蛋，殼尚軟，敲破一個小洞，吸吮，黏滑的溫熱，
還有腥味，充滿口中。

〈島〉
插翅難飛洋，思考要學一座山

106

怕寫散文，細節挖掘太多，再掀內傷。跳躍式的短文或為折衷，一個釐清與擦拭的過程，得靠自己，慢慢褪裹沾黏，自由伸展。

〈鋼鐵人〉
血肉置換，反骨免談

107

我的妹妹很兇，一個管我吃，一個管我住，在我心灰意冷時，
挾我腋下，撐我前進。他們還繼續盯著我，怕我想多想岔了，
把自己丟在夢境。

〈小說〉
假的不提，通篇寫別人

108

越來越喜歡一個人看電影，再也不想喧騰，不想聞食物，不想聽笑聲，窩在家裡，淚流滿面也不羞赧。除非，跟孩子同遊幻境，大螢幕的確比較過癮。

〈爆米花〉
歲月如何彈，能不能只加麥芽糖

109

母親把優點給了妹妹，一個好脾氣，一個巧手藝，我大概只學
到堅持「今日衣今日洗」。自忖又覺心虛，讓衣服多晾一夜或
為託辭，其實想要獨享靜寂。

〈天花板〉
蟑螂曬鬚，老鼠賽扛米

110

筆不隨心，焦慮難免，閱讀充填。填個幾天，久些，焦慮再現，便有折筆之念。探入人間萬象，再次證實自己妄念，吸一口氣，坐回電腦前，又擠兩三言。

〈墨水〉
鯊魚游行抗議，屍體在哪裡

111

都說思緒太跳是我的致命傷，十萬八千里外一個人徜徉，難怪
沒伴。這麼悲涼，卻也過了幾個十年，未來是否放慢，把飛鳥
吐籽想進湖面？

〈吉他〉
無弦彈情，豆芽孵心

112

我和妹妹互相提醒：「別對你家小隻太嚴！」接著扼腕興嘆：
「我家小隻太懶散！」嘴上提議「易子而教」，心中不捨孩子
溜出自己的臂彎，全然一幅矛盾。

〈母雞〉
挑蟲米，喙尖得利

113

「想」用一種速度，「寫」踩著另款腳步，「稿」累積，
「書」是更緩慢的產出，還有德勒茲所謂的「未思」(unthought)
沉在腦海。創作入世，我常像一具空殼，不在此處。

〈當機〉

千謀忽忽，一隻蛾飛入

114

喝到孩子泡的熱薑茶，在外吹了一整天的風寒都被驅趕。我一邊敲打鍵盤記下這樣的感動，一邊撐開眼皮，腳底烘著暖氣，今晚肯定可以戰到夜半。

〈寒流〉

北極熊游泳，熱血一番

115

戀人真傷神，德勒茲花樣多，而我腦袋單純。老師建議結盟，
為了強固理論。這麼說來，我偷偷想著尼采和史賓諾沙，不算
別戀，只是移情幾分。

〈香蕉皮〉
裝不熟，才能抗憂慮

116

早上出門，我喜歡提前抵達，找家咖啡館，等著人事慢慢靠近。在那個空檔裡，喝著咖啡，獨享整個空間，偶有眼光疑問：「可又失眠？」

〈早餐〉
一條香夢白切，吐詩夾蛋

117

人與人之間，有時候像這樣：你見過他，他見過你，很多回，
僅僅交換目光。某次偶然，坐在同一條凳子上，心底各自發
慌。幸好，車行不遠，你們之間果真沒有共通語言。

〈車票〉
優遊無卡，隨處雲停

118

去聽一場演講,概論,雖然用的是另一種語言。我在想,那是
唸了一篇稿子還是一片誠心?甚少抬眼,在乎哪樣?滿腹經
綸,如何相談?台上台下顯然兩種立場。

〈功夫〉
底都掀了,還能翻

119

嗅覺靈敏容易神亂，聞到香氣發自男子，猶如入園未見花容。
菸酒混雜，雖似父兄之味，彪形橫肉噴吐粗話，駭人，我得躲
進頸上的薰衣草陶香瓶。

〈花露水〉
祖母的衣櫥，回憶自營

120

冬日打扮，如何精神？穿美？穿暖？還是穿有型？我在冷風
裡，尋覓亮點，卻見自己裹熊，歪歪斜斜移動，趕緊買一杯咖
啡，把握溫暖幾分鐘。

〈圍巾〉
意識流，歲月織不及

121

燕子大概飛去我的童年避冬了，店家貼心製做的擋板上未見雛
燕，窩裡也無動靜。在城市裡，路人匆匆，這個存在多年的燕
窩似有若無，不像老家簷下，總有小兒翹望。

〈麻雀〉
蒼天莫測，只要抱住電線桿

122

因為子時的抗寒宵夜，我要懺悔。可是，孩子同學的媽媽冒冷
快遞送來草莓派以及鋪滿鮮奶油的草莓蛋糕，我大口咬下，熱
量急升，全身暖呼。

〈布丁〉
心要軟，事實毋須咬定

123

帶孩子看腳踝舊傷，本想針灸，豈料望聞問切之後，痘子和腦子也一併看了，拎著七天份的藥粉和水藥，我才徹悟，窮人果然不能生病。

〈走路〉
內八外八，唯命是途

124

以前我常買輕薄短小的外文詩集，隨身攜帶，能看便翻，隨時
腦力激盪。總想自己的詩集也要設計成那樣，然而，這個夢，
顯然不符市場考量。

〈備忘錄〉
一行詩，腦細胞搶灘

125

書寫本來私密，直到作品刊登。眾目注視之下創作卻是令人膽
怯又興奮。猶如揮毫之手，撇捺間雖想喘息，暗自憂慮下一個
轉折不夠順暢，偶有頓點也要假裝鎮定。

〈讚〉

無聲唄唱，嗩吶引吭

126

回贈之後，再收美饌，禮尚往來，我懂，可是這些嘗在舌間的甜美，對比出我的美德，太過隱性。也許，我該去學做點什麼，讓人看見。

〈晾衣〉
陰天曝風，乾了也寒

127

變果然不變。才用得順手的臉書又改版，這是預警吧，網絡蛛絲，纏身纏心。我在誤觸之後，慢慢學習與調整，次日竟然覺得順眼了，原來，我也善變。

〈時間軸〉
橫豎都要寫，控訴光陰無信

128

我愛橘子的獨立，不拖泥帶水，綠色倨傲，橙色狷狂。整顆獨享等於吸光池塘，分食一半好比初抵綠洲邊緣，僅得兩瓣就會犯下搶案。啊，冬日吃橘，讓人毛孔清揚。

〈攤販〉
每天跳樓，腿骨比臉皮強韌

129

信任或許不似寶石可以收藏，而是處處隱藏，譬如花謝了，季節循環，美麗再度綻放。又譬如小羊迷路了，他會學著勇敢，找到回家的方向。我想，一如自然，信任的內容和形式，都是表現。

〈證書〉

老王別吹喇叭，別人說的才算

娃奈米

娃奈米

娃說：「我要當樹。」娃娃說：「我要當花。」娃說：「我要一個天。」娃娃說：「我只要一個瓶。」娃問：「你不怕時間太短嗎？晨光暮霞？」娃娃問：「你不怕時間太長嗎？立地頂天？」娃說：「我堅強，我勇敢，我挺立於流光，我默默伸展，我享受孤單。」娃娃說：「我會哭，我會怕，我要呵護，我想聽掌聲，我期待關心。」娃抱娃娃，娃娃擁著娃，觸媒無限，任其延異或者蒸發。

娃，樹有林
要謙遜壓低枝椏
或許按捺
不要急著長大
等天老
等地荒

娃，花是相
笑一個就開啦
紅橙黃綠藍靛紫

你的眼觸控
彩虹花容易養
可那瓶是你的心空了嗎

娃，讓樹開花
寒暑催化
樹用枝幹堅強
花用繽紛柔軟
去背
捨器
讓存在還原

娃啊，奈米成一粒單子吧
微渺如斯
而星宇是旅程
無始無終

130

兩個孩子相差五歲，我得承認，我常常亂了套。雖然不時提醒自己要考慮心智與個性，一急便弄擰了關心，打翻淚罐。能否以朋友相待，假裝為娘的壓力已經減輕？

〈稀飯〉
硬是泡了整晚，就要吃軟

131

進入公園，一幅不見空曠唯有人頭的景象，數字運算立刻撞開腦門，這就是所謂容積啊，方寸之間只夠閃過一陣冷風。

〈散步〉

好狗沒路，烏龜禁止迴轉

132

我懂了，人生起碼有兩回事。譬如，研究是一回事，報告是另外一回事。又好比臉書是臉也是書，翻或不翻罷了。

〈面具〉
兩個黑洞為真，其餘皆臉

133

課堂上出現五台筆電，以及更多智慧手機，討論一邊進行，敲
鍵也悶悶哼哼。這是教學相長抑或互不信任？我只知道自己太
好問了，遇有不解必定請教或搜尋。

〈教室〉
拆牆，旁聽老樹講人生

134

深夜裡，外頭有個孩子邊哭邊訴，全部委曲打算一次吐光似的。大人也想那樣吧，就怕丟臉啊。而孩子，根本不知道臉皮這回事吧？

〈晚安〉
嗅著被子，小狗睡着了

135

丟了小物，遍尋不着，懊惱非關價值而因記性，明明擱著，轉頭就掉，不只掉了一個晚上的輕鬆，還連累夢裡公主摔倒，找不到眼鏡。

〈魔鏡〉
主角閃邊，蘋果就是紅

136

等待園內花開，走探月餘，花苞緊緊的，依舊不露半點顏色。
這株茶花在那兒至少兩年了，我不是沒瞧過，唯此刻無法憶起
花容來。

〈角落〉
蛛絲別篩，塵埃自在

137

因為網路書店年度銷售榜單，我要懺悔。雖有鑽石堅貞，榜上沒有一本進入我的書箱。雖然我自己也出版了三本，儘管文類不同，毫無意外的，沒有一本上榜。嗯，沒有特別感想，繼續搖筆桿！

〈尾牙〉
沒有老闆買單，吮喝北風請喝一盅

138

搭捷運，偶爾遇上「腸道」景象，幾個車廂，一眼望穿，望遠，瀏覽眾生相，我會在心裡摹寫某個人物的背景。或者，我會想像自己被吞入大蟲肚裡，閉眼，接受即將溶解的命運。

〈魂〉
一日遊，梗在冥府票亭

139

離家之後，我就不愛過節，總把日子混成一樣。近來慢慢明白
了，孩子滿心期待聖誕老人，因此，我願變裝，產出擁抱的力
量。然而，選買小物頗費心思，探詢需求，仍得面目裝冷。

〈間諜〉
線人不說謊，兩邊不打賞

140

紅的白的大的小的，我說的是湯圓，吃甜還是吃鹹？長的短的厚的薄的，我想的是孩子的圍脖兒，可有多繞一圈？遠的近的跑的跳的坐的躺的，我知道家人平安，在冬至這一天。

〈氣象報告〉
沒提雨病，只說少了詩意

141

曾在化妝品公司的內部刊物當差，從採訪、寫稿、編輯、完稿
乃至跑印刷廠一貫作業，學了基礎功夫，卻是沒能練就化妝
術，迄今只懂點唇，難怪面目模糊。

〈粉條〉
寫白了，就是掩飾

142

彼時電腦開始進入家庭，我到遊戲軟體公司當翻譯，偶爾得親自玩玩，探知個中玄虛。笨拙的我無法過關，難識其趣，後來改在家中接稿，從此與電腦相依。

〈傳真機〉

文字熱煎，出口即冷

143

上午伏案，整理昨夜床畔速記的文字，或把零碎的夢境拼圖，湊出一幅可辨的景物。不及捕捉的，任其離株，我想，那振翼的蜂蝶，總會有去處。

〈潛意識〉
麵糊，最好下水煮物

144

身為母親，要做好樣，而我需要音樂為牆，感覺耽溺，重新養膽。無奈小小、小小的超我不安，聲音細細、細細地問：「孩子能不能也躲在自己的天堂，敲門不應？」

〈蹺蹺板〉
高低都是騙局，離心無拘

145

女子讀書，精靈獨舞，幸福似乎遙不可觸，以為生命能量由外加諸，譬如一道目光的熱度。殊不知，心湖沉藏寶物，再現自我，並不企望潛水夫。

〈氧氣筒〉
浮他一個海洋，鐵肺吸呼

146

下麵能不能也下點快樂？看著一張板臉，我反思自己筆下是否如此，讓人讀得雲霧？於是，我乖乖拎回那碗麵，慢慢嚼食，揣想其中的沉重元素。

〈蛋花湯〉
搗亂園子，氣哭牡丹

147

點了一杯咖啡，坐下，突然毛孔縮緊，渾身不對勁。以往我會草草吞飲，吞下疙瘩，離開，角落他尋。現在不必，耳機戴上，就是天堂，我聽見，溫柔的呼喚嗓音。

〈偶像〉

謀面不識，愛其陌生

148

從唱片、卡匣、錄音帶、隨身聽，音樂格式逐日進化，我曾用雙卡對錄一首歌曲，看它繞來轉去，聽上千遍。現在，播放列表可以任意增刪，輕觸設定，心動，無限循環。

〈床邊故事〉

枕中馳馬，夢谷尋龍

149

我的消費習慣懶散，不詢、不比、不還，需要則買，樽節為上。可是我會為了二十元不給買肉絲，就此轉身，因為老闆娘叨唸不悅，我便斬斷這一筆常流細水帳。

〈旅客〉
不為奉茶來，想學襟曲一支唱

150

以前帶孩子出門，我不敢坐公車，現在獨自出門則儘量不搭計程車，各有考量。其實我更愛步行，用腳力丈量行程，猶如童年遊戲場上，依田隴估算遠行的距離以及逗留時間。

〈包穀〉
流光胖胖，藏在心裡細數

151

不回家，多是客觀上不能，而我曾經不敢，因為預想離開的
痛，害怕憶起老父刻意找忙以躲開道別的瞬間。如今，我把握
每一次回家的機會，仍是女兒。

〈橋〉

懸空命，流走人生

152

越來越愛德勒茲的思想，儘管課堂上讀的多是他的英文譯作，若有疑慮，我可以自行檢視法文原著，再無他者誤傳。那麼，多語轉換上的挫折，並非失敗，只是需要時間驗證。

〈教授〉
全人表演，片段失真

153

紅豆甜點是我的最愛，舉凡銅鑼燒、羊羹和紅豆派等等，吃著
吃著，恍如返鄉，瞧見連畦紅豆田，前一天茂密的葉子綠透，
隔日卻有枯乾敗落跡象，是啊，即將收成了，我可以開始等待
紅豆冰。

〈腳踏車〉
忘記一前一後，在童年轉圈

154

一個怪叔叔躁動，眼神飄忽，喉頭乾咳幾聲，旁邊已然悄悄靜空。偏偏椅子拉疲倦拉我做伴，黏成一團。我只好慢慢放下窗簾，隨著音樂搖擺，駛進山洞。

〈背包〉
夜裡挖寶，山根欲掀

155

坐鎮高處的胖太太消失很久，丈夫獨自張羅菜攤，神色看似輕鬆，吆喝起來卻不夠動人。回到崗位之後，胖太太瘦掉半個人，她輕輕細細開著嗓門，我問了問，她說病後啊，不得不慢，小生意也要慢慢經營。

〈女王〉
叢林馴百獸，閨中收鞭

156

不談心事的父親和弟弟，時而鬧僵。我想，若為男兒身，弟弟的壓力就會落在我頭上。我們三人個性太像，性別差異反而產生積極作用，兩頭言勸，恐怕僅能緩解父子之間的緊張。

〈弓箭〉
緊張藝術，不射近身

157

偌大的菜市場，常去的攤位只有幾個，一開始，依直覺擇定，漸漸根據互動感覺考量，若有減兩則立即斬斷。唯商人之言，不免浮誇，如此想來，買賣早無互信。

〈蔥〉
青白有分，愣的不怕聰明人

158

唸博士班對我而言，是真修行，一則避世一則養身，各有積極
和消極兩面。時間並不寬待，我願在可以規劃的眼前，把握每
一次悸動與學習，只想讓孩子知道：我很認真。

〈理論〉
鞭抽歷史，透析人性

159

通過巷口，恰在路中遇見熟人，雀躍招呼，忽略一台機車趁隙切入，旁人應該拉了我一把，兩人因此擦撞，等待中的小車駕駛一定旁觀了我的魯莽。

〈兩隻老虎〉

爪子來，糖果搶去餵小孩

160

我的書桌通常只放咖啡和茶，螞蟻神兵依然從無處降臨，不時
逡巡。我總怒目宣告：別想嘗到甜頭！有時則不免心虛自問：
莫非這些天兵也愛上我偷偷藏匿的苦巧香？

〈戰壕〉
全屍饗鷹，冰魂飛行

161

抽身，可為轉機，譬如改不出來的稿子，丟簍。轉去風裡，刮臉一圈，刮去戀依，刮出真意。人際亦同，信或不信，愛或不愛，離開，深淺方得重新量計。

〈退稿信〉
刀何須，極刑以言語

162

雖居市井，室外的絢爛與我無關，我不愛夜夜美麗的街道，幾
乎不參加晚間活動，天黑回家，身體程式，早已設定。不算避
世，只是更愛寧靜，從喧囂中的清寂品嘗恬淡。

〈中年〉
以老之名倒飲青春倒影

163

這是冬夜最凍一景：沒喝完的咖啡，微波加熱兩分鐘；書攤開，筆電攤開，手機候在一旁，鉛筆夾在指間。沙發、靠墊、小毯以及猛打哈欠的老身。

〈期末報告〉
燈下問行，書堆某張

164

總搖筆桿，難道不停？誰也沒問過我，但肯定我忽略或錯過什麼了。人生角色多樣，顧此或失彼，得詩或忘文，詢問五感。而眼前，我必須把腦中的雜思理清。

〈廚房〉

筆桿炊飯，文字沸騰

165

進入菜市場，觀看也被觀看。某次買了幾包水餃，攤內問及孩子等等，我心頭一驚，原來這人盯住了細節，雖然我與他幾乎不曾交談。離開之際，我感覺後背發燙，轉身，果然瞥見幾雙鷹眼。

〈搬家〉
屋舍無碼，心在天地住下

166

開始預習孤獨的日子。生子欲其獨立，成家使之空寂，學習為了忘己，辨證就要賭氣。想通這個寫一筆，那個打結也要註記，書寫日夜同步，還是輸給跳躍的思緒。

〈木魚〉
有情難抒，無情難書

167

因為找到遺失的小東西，我要懺悔。原來他一直被我的粗心壓
住，就在縫裡。日後，我得好好纏繫，再不讓他離線而去。

〈機會〉
骰子不丟是一，反覆為零

168

禮物怎麼送？參酌自己所需或所愛？除非直問，如何料得來？
去年的禮又拿來今年送，收了，謝了，唉，那心思還像一座
海，濁得更厲害。

〈膠臺〉
年輪又轉，架空

169

我曾經這樣吃：一杯拿鐵，一顆雜糧饅頭，一顆蘋果，分做三
餐。或因偷懶，或為省時，為了創作，我停滯；為了虛擬，我
把真實挪用。

〈簽名〉
雲飛天外，善面舞劍

170

為誰而寫？我讓自己永遠列在其中。寫童詩，我的童年是場景；寫童話，我的夢就有彩虹；寫少年小說，因為我是理想國徵召的長工。我讓快樂說項，偷偷添些辛辣，有感但是不痛。

〈讀者〉
深山無伴，要追一隻賓鴻

171

給孩子準備大餐，我用懶人法。三鍋齊下，清燉番茄牛肉湯以及蘑菇南瓜濃湯，貝殼麵隨便加。然後，我買了氣泡酒，打算放醉，反正就在自己的家。

"Celebration"
想像入席，白粥游大蝦

172

宅者如我，不泡圖書館、咖啡館、茶館，也不泡酒館，似乎欠
缺文人雅興。我的文字泌出，在分秒之間，有思有詩，漫說理
性，使上全力，管轄自己的外星人生。

〈作家〉
家做天地，四海無分無籬

蘇善的書寫進行式

1998年・出版第一本散文集《童年地圖》。

2003年・五月，台語詩〈含笑〉獲得「送花一首詩」徵詩活動之優選，作品首次登上副刊版面。

2003年・十月，短篇小說〈腳踏的人生〉獲得第24屆耕莘文學獎小說佳作。

2003年・十月，加入「吹鼓吹詩論壇」，擔任「親情詩版」版主。

2004年・四月，小說《阿樂拜師》獲得第十二屆九歌現代少兒文學獎推薦獎。

2004年・十一月，短篇少年小說〈代班〉獲得台東大學兒童文學獎優選。

2005年・七月，《阿樂拜師》榮獲第29屆金鼎獎兒童及少年圖書類出版獎最佳文學語文類圖書獎。

2006年・六月，短篇少年小說〈我的朋友圖坦卡蒙〉獲得台東大學兒童文學獎入選。

2007年・四月，《凹凸星球》獲得第十五屆九歌現代少兒文學獎榮譽獎。

2007年・四月，出版少兒小說《胡圖迷遊記》。

2008年・八月，童詩集〈公園繞一圈〉獲得第16屆南瀛文學獎兒童文學類佳作。

2009年‧三月，〈聖戰PSP-2009〉獲得《聯合報副刊》「隱題藏頭詩」徵詩活動優勝。

2009年‧四月，〈夜巡〉獲得《聯合報副刊》「標語詩歌」徵詩活動佳作。

2009年‧八月，童詩集〈溪游記〉獲得第17屆南瀛文學獎兒童文學類優等。

2010年‧九月，童話〈誰掉了一隻鞋〉獲得第13屆大墩文學獎童話類佳作。

2011年‧五月，出版少兒小說《攔截送子鳥》。

2011年‧九月，登上《台灣詩學‧吹鼓吹詩論壇》第13號「論壇詩人榜」。

2011年‧十月，童話《誰掉了一隻鞋？》出版。

2011年‧十二月，詩集《詩藥方》出版，獲選國立台灣文學館101年度文學好書。

2013年‧六月，臺語詩集《人間模樣》入選新北市「北臺灣文學第16輯」。

　　蘇善，搖搖筆桿兒，抒善，書善，文類不拘，靈感隨同生活醞釀，緩緩發酵，涓滴慢慢。

Do詩人04　PG1090

詩響起
——蘇善詩集

作　　者／蘇　善
主　　編／蘇紹連
插　　圖／夏澤玫、夏澤瑄
責任編輯／劉　璞
圖文排版／詹凱倫
封面設計／陳怡捷

發 行 人／宋政坤
出　　版／獨立作家
　　　　　地址：114 台北市內湖區瑞光路76巷65號1樓
　　　　　電話：+886-2-2796-3638　傳真：+886-2-2796-1377
　　　　　服務信箱：service@showwe.com.tw
　　　　　http://www.bodbooks.com.tw
印　　製／秀威資訊科技股份有限公司
　　　　　http://www.showwe.com.tw
展售門市／國家書店【松江門市】
　　　　　地址：104 台北市中山區松江路209號1樓
　　　　　電話：+886-2-2518-0207　傳真：+886-2-2518-0778
網路訂購／http://www.govbooks.com.tw
法律顧問／毛國樑　律師
總 經 銷／時報文化出版企業股份有限公司
　　　　　地址：333桃園縣龜山鄉萬壽路2段351號
　　　　　電話：+886-2-2306-6842

出版日期／2013年12月　BOD一版　定價／250元

|獨立|作家|
Independent Author　　　　　　　　寫自己的故事，唱自己的歌

詩響起：蘇善詩集 / 蘇善著. -- 一版. -- 臺北市：獨立
作家, 2013.12
　　面；　公分. -- (Do詩人；PG1090)
BOD版
ISBN 978-986-90062-2-4 (平裝)

851.486   102021831

國家圖書館出版品預行編目

讀者回函卡

感謝您購買本書，為提升服務品質，請填妥以下資料，將讀者回函卡直接寄回或傳真本公司，收到您的寶貴意見後，我們會收藏記錄及檢討，謝謝！

如您需要了解本公司最新出版書目、購書優惠或企劃活動，歡迎您上網查詢或下載相關資料：http:// www.showwe.com.tw

您購買的書名：_____

出生日期：_____年_____月_____日

學歷：□高中 (含) 以下　　□大專　　□研究所 (含) 以上

職業：□製造業　□金融業　□資訊業　□軍警　□傳播業　□自由業
　　　□服務業　□公務員　□教職　　□學生　□家管　　□其它____

購書地點：□網路書店　□實體書店　□書展　□郵購　□贈閱　□其他

您從何得知本書的消息？

　□網路書店　□實體書店　□網路搜尋　□電子報　□書訊　□雜誌

　□傳播媒體　□親友推薦　□網站推薦　□部落格　□其他_____

您對本書的評價：（請填代號　1.非常滿意　2.滿意　3.尚可　4.再改進）

　封面設計____　版面編排____　內容____　文／譯筆____　價格____

讀完書後您覺得：

　□很有收穫　□有收穫　□收穫不多　□沒收穫

對我們的建議：_____

_____

_____

_____

11466
台北市內湖區瑞光路 76 巷 65 號 1 樓

獨立作家讀者服務部　　　收

....

（請沿線對折寄回，謝謝！）

姓　　名：＿＿＿＿＿＿＿＿＿　年齡：＿＿＿＿　性別：□女　□男

郵遞區號：□□□□□

地　　址：＿＿＿＿＿＿＿＿＿＿＿＿＿＿＿＿＿＿＿＿＿＿＿＿＿

聯絡電話：(日) ＿＿＿＿＿＿＿＿＿＿＿　(夜) ＿＿＿＿＿＿＿＿＿＿＿

E-mail：＿＿＿＿＿＿＿＿＿＿＿＿＿＿＿＿＿＿＿＿＿＿＿＿＿